AF356747

Paris le 12 Novembre 96

V

VENTE DU JEUDI 12 NOVEMBRE 1896

HOTEL DROUOT, SALLE N° 11

à 2 heures

ANCIENNES PORCELAINES

DE

CHINE ET DU JAPON

Faïences — Émaux — Bijoux — Orfèvrerie

BRONZES, VITRAUX, TABLEAUX

Statuette en marbre de Mathurin Moreau

MEUBLES LOUIS XIII & LOUIS XVI

Suite de quatre Tapisseries du XVIIIe siècle

BELLE PORTIÈRE BRODÉE — ÉTOFFES ANCIENNES

EN MAJEURE PARTIE

Provenant de la Collection de M. C....

<table>
<tr><td>Me PAUL CHEVALLIER</td><td>M. A. BLOCHE</td></tr>
<tr><td>COMMISSAIRE-PRISEUR</td><td>EXPERT</td></tr>
<tr><td>10, rue Grange-Batelière, 10</td><td>28, rue de Châteaudun, 28</td></tr>
</table>

EXPOSITION PUBLIQUE

LE MERCREDI 11 NOVEMBRE 1896

DE 2 HEURES A 6 HEURES

CONDITIONS DE LA VENTE

———

Elle sera faite au comptant.

Les acquéreurs payeront *cinq pour cent* en sus des adjudications.

L'exposition mettant le public à même de se rendre compte de l'état et de la nature des objets, il ne sera admis aucune réclamation une fois l'adjudication prononcée.

Paris. — Imp. de l'Art. E. MOREAU et Cⁱᵉ, 41, rue de la Victoire

DÉSIGNATION DES OBJETS

PORCELAINES

1 — Deux potiches du Japon, décor polychromes, couvercles ajourés.

2 — Deux flacons de Saxe, monture bronze.

3 — Deux raviers en vieux Chine.

4 — Figurine en porcelaine de Chine.

5 — Plat en vieux Chine.

6 — Cache-pot en grès de Chine.

7 — Trois tasses et soucoupes en porcelaine de Saxe et autre.

8 — Service à thé composé de trois grandes pièces et six tasses en **vieux Japon**.

9 — Six tasses avec couvercles en vieux Chine rouge.

10 — Trois tasses en vieux Chine, famille rose.

11 — Cinq tasses en vieux Chine, décor fond capu-
cine et à mandarins.

12 — Sept tasses en vieux Chine, pâte fine dite
coquille d'œuf, décor à personnages et à vola-
tils.

13 — Deux grandes **tasses** en Chine, décor au
mandarin.

14 — Quatorze tasses en vieux Japon, décor varié
à personnages fleurs et ornements.

15 — Théière vieux Chine, forme carrée, rouge
corail et à personnages.

16 — Deux théières vieux Chine, décor en relief.

17 — Deux théières vieux Chine, décor au coq.

18 — Trois théières vieux Japon, décor varié à
personnages, oiseaux, etc. ; polychrome, bleu
et or.

19 — Moutardier en vieux Japon, décor bleu et
rouge.

20 — Sept pièces : bols, baguiers et salières en
vieux Chine et vieux Japon, décors variés.

21 — Trois potiches du Japon.

22 — Potiche et plat en vieux Japon rouge, à
rehauts d'or.

23 — Cinq petites potiches en vieux Japon, décors
divers.

24 — Deux cornets en vieux Japon.

25 — Six pièces diverses en vieux Japon.

26 — Quatre petits vases de Chine, décor à personnages et oiseaux.

27 — Garniture de cinq pièces en vieux Chine,
décor oiseaux.

28 — Deux cornets en vieux Chine de la famille
verte.

29 — Deux cornets en vieux Chine, décor mandarin.

30 — Deux petits porte-bouquets en vieux Chine,
à fleurs.

31 — Vase en vieux Chine, décor à reliefs et doré.

32 — Deux grands plats, un ovale et un rond, en
vieux Japon polychrome.

33 — Deux plats en vieux Japon, décor à rehauts
d'or.

34 — Deux plats en vieux Chine de la famille rose.

35 — Plat en vieux Chine, décor à personnages.

36 — Douze plats, de différentes grandeurs, en vieux Chine, décors variés.

37 — Deux couvercles de légumiers en vieux Chine, à rehauts d'or.

38 — Cinq compotiers en vieux Japon, décor varié, à personnages, oiseaux et poissons.

39 — Deux grands compotiers en vieux Chine, décor à médaillons, famille rose.

40 — Deux compotiers moyens, décor aux poissons.

41 — Quatre autres, décor à fleurs.

42 — Six assiettes creuses de diverses grandeurs en vieux Japon, à rehauts d'or.

43 — Onze assiettes vieux Japon, décor varié polychrome et or.

44 — Quatre petites assiettes creuses en vieux Chine.

45 — Deux assiettes en vieux Chine, décor au coq et à la grenade.

46 — Treize assiettes en vieux Japon bleu et doré.

47 — Deux grandes assiettes vieux Japon, à rehauts d'or.

48 — Assiette octogone en vieux Japon rouge et or.

49 — Cinq assiettes en ancienne porcelaine de l'Inde.

50 — Treize assiettes vieux Chine, famille verte, décor oiseaux.

51 — Quatorze assiettes en vieux Chine.

52 — Huit assiettes vieux Chine, décor à personnages.

53 — Six assiettes vieux Chine, décor au coq.

54 — Huit assiettes vieux Chine de la famille rose.

55 — Cinq assiettes vieux Chine, famille rose, décor de personnages.

56 — Huit assiettes vieux Chine, dessins divers.

57 — Cinq assiettes vieux Chine, décor oiseaux.

58 — Six assiettes vieux Chine, décor à la pagode.

59 — Dix-sept assiettes de différentes grandeurs en vieux Chine et vieux Japon.

FAIENCES

60 — Deux aiguières en vieux Moustiers, décor bleu dans le goût de Bérain.

61 — Fontaine en vieux Moustiers, décor polychrome.

62 — Deux boules d'escalier en ancien Delft.

63 — Deux porte-huiliers en vieux Moustiers, décor polychrome.

64 — Deux vases d'Urbino, décor polychrome à bustes de personnages. XVIe siècle.

65 — Deux corbeilles ajourées en ancienne faïence de Strasbourg.

66 — Deux vases en ancienne faïence de Moustiers.

67 — Vase de Moustiers, à anses torses.

68 — Amphore en faïence de Vallauris.

69 — Deux potiches en faïence de Castelli. XVIIe siècle.

70 — Deux assiettes en faïence, dont une de Rouen.

71 — Bénitier en faïence de Nevers.

72 — Gargoulette en vieux Delft.

ÉMAUX DE LIMOGES

85 — Autre émail : Saint Nicolas. XVIIe siècle.

86 — Émail de Limoges, signé Jean de Gours et daté 1555.

87 — Émail de Limoges : la Vierge aux anges. XVIIe siècle.

88 — Émail de Limoges : Télémaque. XVIIe siècle.

89 — Autre émail : Saint Jean-Baptiste. Époque Louis XIII.

90 — Deux émaux, XVIe siècle : *Ecce Homo* et *Mater Dei.*

91 — Émail de Limoges : la Fée des mers.

92 — Émail de Limoges: François-Xavier. XVIIe siècle.

OBJETS DE CURIOSITÉ

93 — Vierge en bois sculpté et doré.

94 — Jolie miniature ronde sur ivoire : portrait de femme coiffée à l'orientale, attribuée à Isabey.

95 — Deux divinités indiennes.

96 — Magot, décor rouge.

97 — Reliquaire en forme de livre, en cuivre doré,

s'ouvrant et contenant vingt sujets, finement
sculptés sur ivoire, du commencement du XVIIe.

98 — Montre. XVIe siècle.

99 — Montre du XVIe siècle.

100 — Montre en cuivre, à six pans. XVIe siècle.

101 — Jolie petite horloge sur pied à balustre sur-
monté d'une figurine ; cuivre doré.

102 — Montre en émail de Saxe. XVIIIe siècle.

103 — Jolie petite bague mignonnette, or émaillé.
XVIe siècle.

104-105 — Deux autres bagues. XVIe siècle.

106 — Gobelet en argent, à frise de personnages et
ornements.

107 — Neuf vitraux des XVIe et XVIIe siècles. (Seront
vendus séparément.)

MARBRES

108 — Belle statuette en marbre blanc : *le Myoso-
tis*, de Mathurin Moreau.

109 — Buste en marbre : figure de femme allégo-
rique. Signé : *Jean J. van den Kerckhove*.

110 — Grand bas-relief émaillé, sujet d'après *Clodion*. Encadré.

BRONZES

111 — Paire de grands et beaux chenets Louis XIV,
formés par deux sphinx reposant sur des socles
décorés de rosaces et de mascarons.

112 — Paire de bouts de table à deux lumières :
Enfants, d'après *Clodion*, patine brune, socles
en marbre griotte.

113 — Groupe en bronze de trois figures, d'après
Clodion : bacchantes dansant au tambourin;
socle en marbre griotte.

114 — Deux statuettes Louis XV en bronze, patine
foncée, représentant un paysan et une paysanne;
socles en bronze.

115 — Paire de bras d'applique Empire en bronze
doré, formés par des cariatides de femmes ailées
portant des bouquets, à quatre lumières.

116 — Statuette en bronze patine foncé : *Vénus
marine;* socle en marbre blanc orné d'appliques
dorées.

117 — Paire de petits flambeaux : figurines d'en-

fants agenouillés; socle forme pyramide en marbre vert de mer.

118 — Coupe en bronze, partie potinée, partie dorée, d'après Clodion, en forme de lampe antique et décorée de bas-reliefs allégoriques; un satyre forme l'anse et regarde une nymphe endormie.

119 — Paire de flambeaux en bronze doré, formés par deux nymphes agenouillées; socles en marbre bleu turquin.

110 — Paire de belles girandoles Louis XVI, à trois lumières en bronze, modèle à rinceaux et guirlandes.

121 — Statuette en bronze : les Marguerites. Signée Kanois.

MEUBLES

122 — Grande vitrine ouvrant à deux portes, en chêne sculpté, style Louis XIII.

123 — Table, du temps de Louis XIII, en bois sculpté, à pieds tors.

124 — Belle table xvie siècle en noyer sculpté, piétement à balustres.

125 — Table en marqueterie de bois, dessin fleurs de lys. Louis XIII.

126 — Commode formant bureau, du temps de Louis XVI, dessus marbre blanc.

127 — Commode en marqueterie, du temps de Louis XVI, dessus en marbre gris.

128 — Commode ancienne en marqueterie de bois, à neuf tiroirs.

ÉTOFFES. — TAPISSERIES

129 — Grande et belle portière brodée de soies de couleurs, à fleurs et lambrequins, remarquable travail du commencement du xviie siècle.

130-133 — Quatre tapisseries du xviie siècle, représentant des sujets tirés de l'histoire ancienne, bordures à fruits, fleurs et oiseaux.

134 — Morceau de brocart d'or. xviie siècle.

135 — Garniture de siège et dossier en tapisserie d'Aubusson. Louis XVI.

136 — Chape en soie rayée. Louis XVI.

TABLEAUX

---

137 — **Abtshoven**. *Intérieur de cabaret.*

138 — **Backhuysen (École de)**. *Marine.*

139-140 — **Berghem (Genre de)**. *Paysages avec figures et animaux.* Deux pendants.

141 — **Breughel (Attribué à)**. *Paysage avec figures.*

142 — **Demarne (Attribué à)**. *Paysage avec figures.*

143 — **Lallemand (Attribué à)**. *Paysage avec figures.*

144 — **Ruysdaël (Attribué à)**. *Paysage.*

145 — **Van Goyen (Genre de)**. *Marine.*

146 — **Verbeeck**. *Marines.* Deux pendants.

147 — **Wouwermann (Genre de)**. *L'Attaque du moulin.*

148 — **École ancienne**. *Scènes religieuses*. Deux pendants.

149 — **École ancienne**. *Temple et ruines*.

150 — **École flamande**. *Le Passeur*.

151 — **École flamande**. *Paysages*. Deux pendants.

152 — **École du XVIe siècle**. *Scènes du Nouveau Testament,* peintes sur les deux faces.

153 — Objets omis.

471
121
———
792

www.ingramcontent.com/pod-product-compliance
Lightning Source LLC
LaVergne TN
LVHW020647180726
843502LV00006B/2284